中國名人故事繪本

孔子
諸葛亮
李白
岳飛

孟子
王羲之
司馬光
李時珍

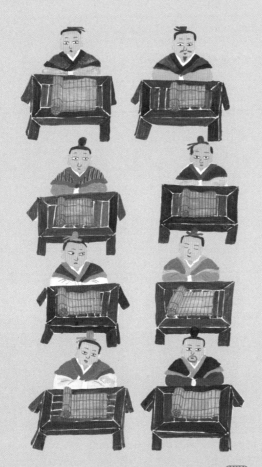

未小西 編寫

新雅文化事業有限公司
www.sunya.com.hk

中國名人故事繪本

策　　劃：話小屋

編　　寫：未小西

繪　　畫：王祖民、王鶯、王梓、秦建敏、趙光宇、
　　　　　楊磊、劉振君、董俊、王曉鵬、劉偉龍

責任編輯：周詩韵

美術設計：王樂佩

出　　版：新雅文化事業有限公司
　　　　　香港英皇道 499 號北角工業大廈 18 樓
　　　　　電話：（852）2138 7998
　　　　　傳真：（852）2597 4003
　　　　　網址：http://www.sunya.com.hk
　　　　　電郵：marketing@sunya.com.hk

發　　行：香港聯合書刊物流有限公司
　　　　　香港荃灣德士古道 220-248 號荃灣工業中心 16 樓
　　　　　電話：（852）2150 2100
　　　　　傳真：（852）2407 3062
　　　　　電郵：info@suplogistics.com.hk

印　　刷：中華商務彩色印刷有限公司
　　　　　香港新界大埔汀麗路 36 號

版　　次：二〇一八年八月初版
　　　　　二〇二四年九月第六次印刷

本書的中文繁體版本由北京時代聯合圖書有限公司授權出版發行

ISBN: 978-962-08-7121-4

向傑出的中國名人學習

　　讀各種知識類書籍，可以擴展兒童的知識面；而讀名人傳記或名人故事，則可以從中感受傑出人物身上散發的獨特人格魅力，讓兒童在讀故事時，感同身受地獲得啟發，從而受到啟迪、增長智慧。

　　在中華文化歷史上，各行各業傑出的人才層出不窮，《中國名人故事繪本》選取在思想、文化、歷史、書法、醫藥、軍事等領域的傑出代表人物，將他們兒時及長大後的經歷編寫成故事，展現他們在成為各自領域的著名人物所做的努力，或是在成長過程中心態的轉變等。幼時就喜愛學習的孔子、聰明卻頗具玩心的孟子、聰明努力又正直的諸葛亮、喜愛寫字而誤吃墨汁的王羲之、從小就為實現夢想而努力的李白、機智又認真的司馬光、勤奮不怕吃苦的岳飛、從小耳濡目染對草藥就十分感興趣的李時珍等人的形象躍然紙上。

　　本書以時間為縱軸，將發生在名人身上的事跡用一個個小故事串聯的方式講述，通過輕鬆的故事情節，讓兒童感受到在每個人的成長過程中，都會經歷挫折甚至迷惘的時刻，更了解到如何克服困難和學會成長的重要性。

　　整本書在文字、插畫及設計上，活潑富有童趣，同時也注重保留中國文化的傳統元素，以兒童易於理解的繪本形式把傳統文化帶進兒童的世界，是一套具藝術性、觀賞性和啟發性的兒童圖畫書。

　　每個故事後，增加「名人檔案」等資料，補充說明其主要成就、名言語錄、主要作品等內容，拓闊兒童的知識面。通過閱讀本書，希望幫助兒童在探索成長的道路上，受到啟發，開啟屬於自己的美好未來！

目錄

中國名人故事繪本

孔子

——刻苦學習的聖人

未小西　編寫

王祖民、王鶯、王梓　繪畫

孔子是中國古代的大
思想家、大教育家，人
們尊稱他為「聖人」。
為什麼呢？因為他很
有學問，而且品行
高潔，他說過
的話，他的思
想，影響了
我們一代又
一代人。

　　孔子出生在幾千年前春秋時期的魯國。在孔子出生之前，他媽媽做了一個夢，夢見一位仙女，牽着一隻渾身長滿龍鱗、頭上長角的神獸，神獸馱着一個小孩。仙女說：「這是麒麟，是來給你送孩子的。」

陬邑

魯

不久，孔子就出生了。他媽媽的這個夢，是不是預示着孔子日後的不平凡呢？

孔子出生的時候，父親發現他的頭蓋骨很像自己曾經去過的尼丘山——四周高中間低，於是就給他取名叫「丘」，字*仲尼。

*字：本名之外的一個正式代稱，用來表示自己的德行或本名的意義。古人在成年後取字，與別人交往時會稱呼對方的字，以表示禮貌和尊敬。

孔子慢慢長大了，他聰明又懂事，
還很好學。據說，孔子在剛滿三歲的時
候，就開始讀書識字，到四歲的時候，
已經會唸一百多個字了。

據說，一開始，母親只打算教孔子的哥哥學習——哥哥比孔子大幾歲，已經到了讀書識字的年紀了。

可是，母親教哥哥讀書、寫字的時候，孔子總是像小尾巴一樣跟在他們身邊，黑亮的眼睛緊緊地盯着書本。

11

母親問他：「你也想讀書嗎？」孔子認真地點點頭，母親和哥哥都笑起來。

　　母親說：「學習可是很辛苦的，你如果開始學，就要堅持哦！」孔子高興地答應了。從此，母親在給哥哥上課的時候，就又多了一個小學生。

小小的孔子，對學習有着極大的熱情。他的小手還握不穩毛筆，寫字的時候，經常把墨弄得到處都是。母親就讓他先不用寫字，只用手指描畫就好了。

一天，母親又教了他十個新字，還跟他約定說：「明天我來考考你！」

孔子認真地練了一整天。晚上，該睡覺了，他和哥哥一起躺在牀上。這時候，孔子還在心裏想着今天學到的字，用手比劃着寫了一遍又一遍。

　　哥哥說：「孔丘，不早了，快睡吧！」孔子說：「娘明天要考我，要是我答不好，娘會難過的。不行，我要起來再看看書，多練習幾遍。」

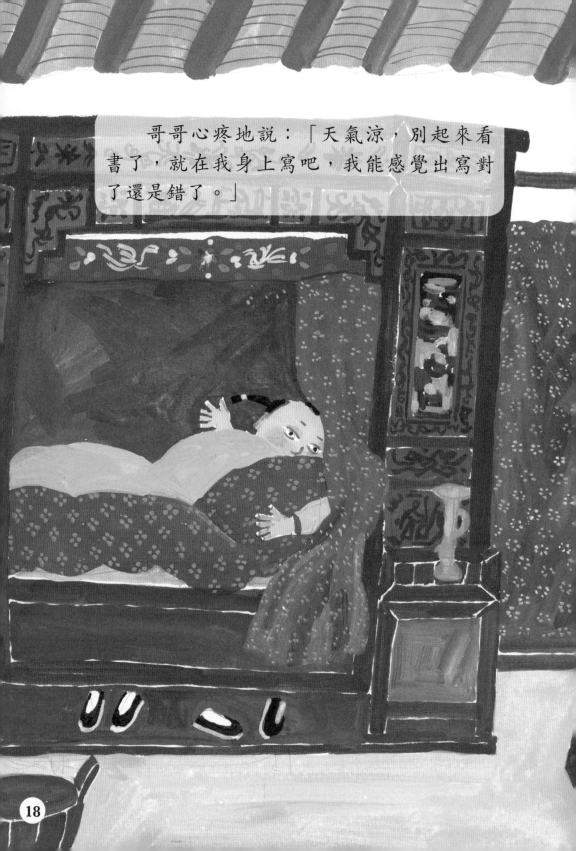

哥哥心疼地說：「天氣涼，別起來看書了，就在我身上寫吧，我能感覺出寫對了還是錯了。」

於是，孔子就在哥哥的身上寫了起來。每寫一個字，就讀一遍。不過，聲音卻是越來越輕，當他寫完最後一個字的時候，小小的聲音也聽不到了。

原來，孔子已經睡着了。哥哥聽着他小小的呼吸聲，看着他睡着後安靜的小臉，心裏很感動，小小聲地說：「孔丘，你一個字都沒有錯……」

第二天，在母親考核時，孔子果然順利地通過——這些字，他不但認得滾瓜爛熟，寫得也很正確。母親驚喜地誇讚了他。

對學習的熱情，堅持不懈的毅力，這才是成功的法寶。孔子本來就聰慧，再加上這麼勤奮好學，將來一定會取得了不起的成就！

21

　　孔子長大以後，他真的成了一個大學問
家，名聲越來越大。可是即使在這個時候，
他也仍然堅持每天刻苦讀書。

當時還沒有紙，書都是用繩子串起竹簡做成的。孔子的書因為頻繁地翻閱，編書簡的繩子都磨斷了好幾次。這種刻苦的精神，真是讓人敬佩！

　　因為孔子這麼愛學習，對各種知識都有濃厚
的興趣，所以他的多才多藝，淵博多識，在當時
遠近聞名。人們甚至把他當成無所不知的聖人。

可是孔子卻謙虛地說：「沒有人是什麼都知道的。三人行，必有我師。」意思是：誰都有別人不知道的知識，人要善於向別人學習。

孔子還說：「知之為知之，不知為不知。」他也是這麼做的，即使已經成了著名的大學問家，他遇到不懂的問題，仍然很誠實地向人請教，從來不會不懂裝懂。

這樣的孔子，
更讓人敬佩了。

27

學問有成以後，孔子周遊列國，希望能說服各國的君主，實行仁政，讓各國的老百姓都過上好日子。可惜，那些國王都忙着打仗，沒有人願意採納他的主張。

滿心遺憾的孔子回到自己的故鄉魯國，培養了很多傑出的弟子，名聲廣播天下，還著書立說，為後世留下了許多經典之作，一直影響到今天。

秦

楚

魏

齊

名人檔案

姓名：孔丘

字：仲尼

後世尊稱：孔子、孔聖人

生活時期：春秋時期

出生地：魯國陬邑（今山東省曲阜市）

生於：公元前 551 年

逝於：公元前 479 年

職業：思想家、教育家

主要成就

　　孔子是春秋末期著名的思想家、教育家，是儒家學派的創始人。他是當時最博學的人之一，被後世尊稱為孔聖人、至聖先師、萬世師表等。

　　孔子開創了私人講學的風氣，相傳他有弟子三千，賢得弟子七十二人，曾帶領部分弟子周遊列國。孔子還修訂了《詩》、《書》、《禮》、《樂》，序《周易》，撰寫《春秋》。孔子去世後，他的弟子及再傳弟子把孔子和弟子們的言行和思想記錄下來，成為著名的儒家學派經典《論語》，書中的儒家思想對中國和世界都有着深遠的影響。

名言語錄

　　三人行，必有我師焉。擇其善者而從之，其不善者而改之。

【釋義】幾個人同行，其中必定有可以當我老師的人。我選擇他好的方面向他學習，看到他不好的方面就對照自己，改正自己的缺點。

　　知之為知之，不知為不知，是知也。

【釋義】知道就是知道，不知道就是不知道，這才是真正的智慧呀!

　　敏而好學，不恥下問。

【釋義】天資聰明而又好學，不以向地位比自己低、學識比自己差的人請教為恥。

中國名人故事繪本

孟子

——知錯即改的大思想家

未小西　編寫

秦建敏　繪畫

孟子，全名叫孟軻，是幾
千年前戰國時代的人。人們叫
他「孟子」，這個「子」，是
當時對人的尊稱，比我們今天
叫「孟先生」還要恭敬。

　　為什麼人們這麼尊敬他呢？因為他是著名的思想家、教育家，有很了不起的成就。人們把孔子稱作「聖人」，孟子稱作「亞聖」，即第二偉大的聖人的意思。

孟子這麼了不起，可是他小的時候，也很讓母親傷腦筋呢！

孟子很小的時候，父親就去世了，只剩下母親與他相依為命。

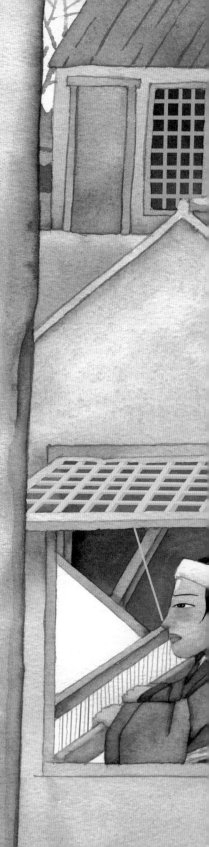

一開始，母親帶著孟子為孟子的父親守孝，就住在離墓地不遠的地方。

結果，孟子經常看到好多人來上墳、祭拜，對着墳墓叩拜、痛哭。看得多了，孟子也學會了這些。

有一次，孟子和鄰居的小孩玩遊戲，玩什麼呢？他一下子就想到了別人辦喪事的情形。

孟子覺得這很好玩，
於是他就興致勃勃地和小
伙伴一起，學着大人跪
拜、哭嚎的樣子，玩起了
辦喪事的遊戲。

　　這情景被孟子的母親看到了，她皺起眉頭：「不行！周圍的環境對孩子的成長很重要，孟軻天天學這些可不行！我不能讓我的孩子住在這裏了！」

　　孟子的母親做事
很果斷，她馬上就帶
着孟子搬家了，他們
搬到了一個熱鬧的市
集附近。

這次他們的房子周圍有很多做生意的小商舖。緊挨着的，是一家殺豬宰羊的肉舖。

待在屋子裏，都能聽到窗戶外面傳來的吆喝聲：「新鮮的嫩羊肉啊⋯⋯」

天天都聽這些，沒多久孟子又學會了。

這天和鄰居家的幾個小孩子玩遊戲時，孟子就扮起了賣羊肉的商販，也大喊吆喝起來：「新鮮的嫩羊肉啊，買兩斤，送一兩啊！」

有個小孩說：「我買兩斤，送我二兩
吧！」孟子說：「不行不行，買兩斤只能
送一兩，不然我就虧本啦！」

孟子的母親看到了，搖搖頭，歎了口氣：「唉，孟軻學得像個商人一樣精明、斤斤計較，這可不合君子之道！這個地方也不適合我們居住啊！」

於是，母親又帶着孟子搬家了。這一次，他們搬到了學堂*旁邊。

*學堂：古時候稱學校為學堂。

學堂裏來往的人全都是
有學問的人，言談舉止都很
講究禮節。

孟子對旁邊的學堂很好奇，經常偷偷跑去看。見到這些人的言行舉止，就又去模仿，不知不覺就都學會了。

母親見到孟子彬彬有禮地跟人行禮、交談，滿意地點着頭說：「這一次搬家搬對了，這才是我的孩子應該住的地方呀！」

49

住處安定下來之後，母親就送孟子去孔子的學生——子思那兒學習。母親對孟子的學習很重視，經常督促他勤奮學習。

可是孟子的過慢慢耐不時課還堂子乾呢，開始時感慢不有着還課時堂子

新鮮好奇之後，慢慢不對上學起來。有時上着神了。還有一次，孟子不想上課，乾脆偷偷從學堂裏逃課回家了。

去地煩，他就走有不偷課回家了。

回到家，母親正在織布，一看見孟子回來了，就奇怪地問：「今天怎麼這麼早就回來了？先生提前放學了嗎？」

孟子說：「不是。是我⋯⋯我⋯⋯上學真不好玩，我不想上學了。」母親一聽，非常生氣。她二話沒說，拿起一把剪刀，「咔嚓」一下就把織布機上的布匹剪斷了。

　　孟子看到母親這麼生氣，嚇了一跳，趕緊跪下來，說：「母親，您生氣就罵我吧，不要剪斷布匹，這是您織了好幾天，沒日沒夜織出來的……」

　　孟子的母親說：「沒錯，織匹布不容易，現在我剪斷它，你也覺得可惜；那你知不知道，你現在要放棄讀書，更讓我痛心呢？」

「我織布時，要一線一線地連成一寸，再連成一尺，再連成一丈直到一匹，整匹織完之後，才可以拿來做衣服，才是有用的東西。

「你讀書也是這樣，必
須靠日積月累、不分晝夜地勤
學，才可以學到真正的知識。
你如果現在半途而廢，就像這
段被剪斷的布匹一樣，你之前
的努力都會成空！」

　　孟子聽了母親的話，一下子明白了。他感到非常慚愧，認真地向母親認了錯，轉身就回學堂去了。

從此之後，孟子專心讀書，發憤用功，終於成為了著名的學問家，他的言論，也被一代又一代的人所傳誦。

孟子語錄

名人檔案

姓名：孟軻

字：子輿

後世尊稱：孟子、亞聖

生活時期：戰國

出生地：魯國鄒（今山東省鄒城市）

生於：約公元前 372 年

逝於：約公元前 289 年

職業：思想家、教育家

代表作品 ：《孟子》

主要成就

　　孟子是中國戰國時期偉大的思想家、教育家，儒家學派的代表人物。孟子繼承並發展了孔子的思想。他主張仁政，提出「民貴君輕」的思想，遊歷於齊、宋、滕、魏、魯等諸國，希望追隨孔子推行自己的政治主張，但沒有國君願意實行他的學說。最後他退居講學，和學生一起，「序《詩》《書》，述仲尼（即孔子）之意，作《孟子》七篇」。

名言語錄

　　魚，我所欲也，熊掌，亦我所欲也；二者不可得兼，舍魚而取熊掌者也。生亦我所欲也，義亦我所欲也；二者不可得兼，舍生而取義者也。

【釋義】魚是我想要的東西，熊掌也是我想要的東西；如果這兩樣東西不能夠同時得到，我就捨棄魚而選取熊掌。生命也是我想要的東西，正義也是我想要的東西；如果這兩樣東西不能夠同時得到，我就捨棄生命而選擇正義。

　　老吾老，以及人之老；幼吾幼，以及人之幼。

【釋義】孝敬我的長輩，從而推廣到孝敬別人的長輩；愛護自己的晚輩，從而推廣到愛護別人的晚輩。

中國名人故事繪本

諸葛亮

——聰慧正直的政治家

未小西　編寫

趙光宇　繪畫

小朋友，你聽過諸葛亮這個名字嗎？傳說他是當時最聰明的人，你看，他總是拿着一柄羽毛扇子，悠閒地一搖一搖，一個個好主意，就輕輕鬆鬆地從腦子裏蹦出來了！

　　諸葛亮怎麼會有這麼多好主意呢？這呀，跟他小時候愛學習分不開。諸葛亮很小的時候，就拜了一位了不起的大學問家司馬徽當老師。

司馬徽收了不少弟子，每天都給他們上課。不過，他上課的規矩有點特別：用自己養的一隻蘆花雞來定時，雞一叫，就下課。

可是，蘆花雞叫起來沒有規律，有時候，剛上課不久，雞就叫起來了，這天的課就這麼結束了。

有些學生一看這麼快就下課了，很高興；諸葛亮可不高興。他是來學本領的，老師本領這麼大，他希望能多聽一會兒，把老師的本領都學到手。

可是這隻雞……唉……諸葛亮看着那隻趾高氣昂地在院子裏踱步的大公雞，想啊想啊……哈，想了一個好辦法！

第二天，諸葛亮來上課的時候，偷偷地帶了一小袋米。一看蘆花雞要叫了，就趕緊抓一把米餵給牠吃。雞只顧着吃米，就不叫了。

就這樣過了好幾天，這幾天老師每天講課的時間明顯變長了。這天又是這樣，已經講了好幾個小時，誰都沒有叫。

　　老師滔滔不絕地講了好幾個小時，心裏有
點納悶，就往下看去，這一看，就發現了諸葛
亮的小計謀──那隻蘆花雞因為諸葛亮總給牠
餵米吃，正圍着他打轉呢！

老師笑瞇瞇地看
着諸葛亮，諸葛亮很
不好意思地認了錯。
老師雖然批評了他，
不過心裏很喜歡這個
好學的弟子。

當時，跟諸葛亮一起拜師學習
的還有一個叫司馬懿的。他們兩個
都很聰明伶俐，也都很愛學習，是
老師最喜愛的兩個學生。

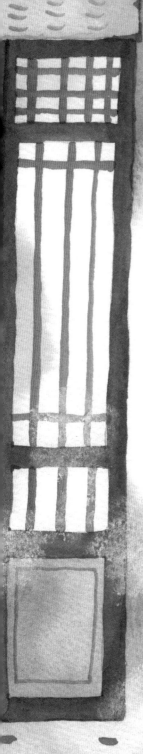

　　老師有一部書，裏面記載了天文地理、行兵布陣、奇門八卦……各種各樣的學問。外界把這本書傳得神乎其神，都說是「天書」。

　　老師年紀大了，沒有兒女，就想把這部書傳給一個最好的學生。可該傳給誰呢？這個人選，只有聰明好學還不夠，品行一定要好。

　　於是，老師就想試試他們兩人的心
性。正巧，這一天，老師領着諸葛亮跟司
馬懿在外面的小山頭上講課。

正講着呢，忽然聽見「哎呀」一聲驚叫，師徒三人抬眼一看，只見對面山崖上，有個砍柴的樵夫不小心掉下了山崖。

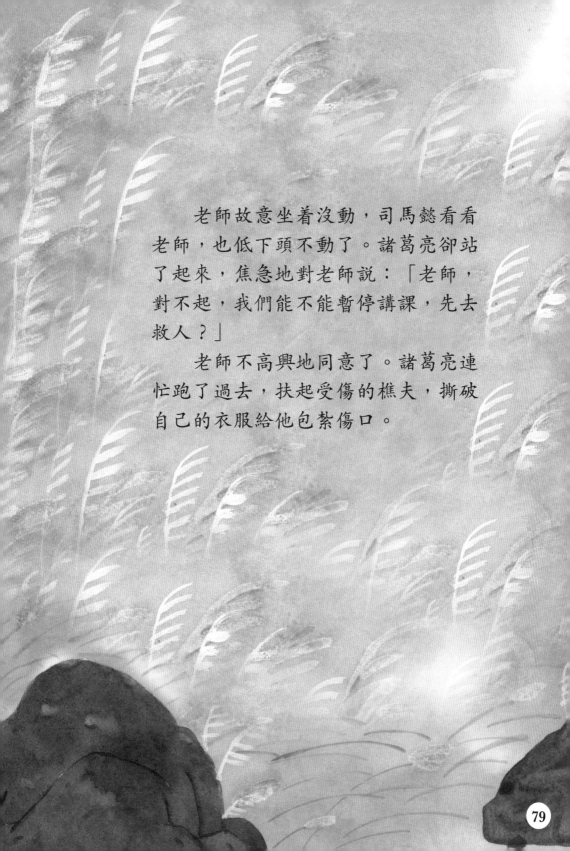

　　老師故意坐着沒動，司馬懿看看老師，也低下頭不動了。諸葛亮卻站了起來，焦急地對老師說：「老師，對不起，我們能不能暫停講課，先去救人？」

　　老師不高興地同意了。諸葛亮連忙跑了過去，扶起受傷的樵夫，撕破自己的衣服給他包紮傷口。

老師看了這場景，暗暗點頭。這時候，他才領着司馬懿下來，三人一起把樵夫送回家。

　　又過了幾個月，老師生病了。兩位學生都虔誠地守在牀前，煎湯熬藥，盡心侍候，希望老師能儘快好起來。

可老師年紀已
老，身體虛弱，病情一
天比一天重。司馬懿就開
始着急起來，心想：老師怎麼還不
把那本書傳給我們？是捨不得嗎？

　　漸漸地，司馬懿對老師就沒那麼盡心
盡力了。

　　這些，老師都看在眼裏，心裏暗暗歎
息：司馬懿還是靠不住啊！

　　這天，諸葛亮上山挖草藥，就剩下司
馬懿在照顧老師。他見老師睡着了，就偷
偷地溜進了老師的書房。

　　沒錯，他是打算偷書！他等不及啦！司馬懿在書房裏東翻西找，終於在一個小箱子裏找到了那本書。

　　司馬懿心想：老師分明偏心諸葛亮，最後這本書肯定到不了自己手裏。司馬懿心一橫，背起箱子就逃跑了。

等諸葛亮回來，老師叫諸葛亮扶他下牀，然後從牀下的夾層裏取出一個黃色包裹，交給諸葛亮。

原來，這才是那部真正的「天書」，司馬懿拿到的，只是一部假書！不久，老師就去世了，諸葛亮心痛地安葬了老師，背起天書回家了。從此他到南陽臥龍崗隱居，靜心攻讀那部奇書，終於學成了一肚子學問。

後來，諸葛亮的名聲越來越響亮，劉備聽說了，就親自上門來請諸葛亮幫助他，「三顧茅廬」後，終於請動諸葛亮出山。

諸葛亮幫助劉備，經過無數次戰鬥，終於在西南打下一片江山，成立了蜀國。從此，中國進入了魏、蜀、吳「三足鼎立」的三國時代……

名人檔案

姓名：諸葛亮

字：孔明

號：臥龍

後世尊稱：武侯

生活時期：三國

出生地：琅琊陽都（今山東省臨沂市沂南縣）

生於：公元 181 年

逝於：公元 234 年

職業：蜀漢丞相、政治家、軍事家

代表作品：《出師表》

主要成就

　　諸葛亮作為三國時期劉備的第一謀臣，在第一次與劉備見面時就提出了千古流傳的「隆中對」，這是一個用戰略性的眼光對未來做出規劃的構想；之後，諸葛亮幫助劉備奪取荊州、益州，進而建立蜀國，平定南蠻，可以說是一位出色的政治家、軍事家。同時，他又是一位發明家，他發明的「木牛流馬」運輸工具、「諸葛連弩」武器，至今仍讓人歎為觀止。

　　後人用「鞠躬盡瘁、死而後已」評價諸葛亮一生，可以說，諸葛亮是中國傳統文化中忠臣與智者的代表人物。

趣聞軼事

　　諸葛亮在還沒有出山輔佐劉備時，就已經名滿天下了。劉備在新野屯兵駐紮時，身邊只有勇將，沒有謀士，於是特意到諸葛亮隱居的臥龍崗去登門拜訪。當時劉備一連去了三次，前兩次諸葛亮都不在家，第三次去時，諸葛亮正在休息，劉備恭敬地在階下等候，直到諸葛亮醒來。這種誠意打動了諸葛亮，最終同意出山輔佐劉備。這就是著名的「三顧茅廬」典故。

中國名人故事繪本

王羲之

——勤學苦練的「書聖」

未小西　編寫

楊　磊　繪畫

其所遇，輒得於己，快然自足，不
老之將至，及其所之既
隨事遷，感慨係
俛仰之間，
能不興懷，況
期於盡，古人云：死生亦大矣，豈
不痛哉，每攬昔人興感之
合一契，未嘗不臨文嗟悼

王羲之是中國東晉時有名的書法家，他寫的字，飄逸俊秀，非常有神韻，大家都很喜歡。這麼好的字，是怎麼練出來的呢？說起來，有關他的故事可就多了。

　　據說，王羲之從小就擅長書法，很喜歡寫字，還拜了衛夫人*為師學習書法。他一寫起字來就很入迷，把什麼事情都忘掉了。

*衛夫人：全名衛鑠，東晉時代著名的女書法家。

　　有一次午飯時，書童送來了他愛吃的
蒜泥和饅頭，幾次催他快吃，他卻連頭也不
抬，像沒聽見似的，還是入迷地看帖、寫字。

　　書童沒有辦法，只好去請王羲之的母親
來勸他吃飯。

　　母親來到書房，卻看見王羲之正一隻手比劃
着，另一隻手拿着一塊沾了墨汁的饅頭往嘴裏送
呢，弄得滿嘴烏黑。

　　原來王羲之在吃饅頭的時候，眼睛仍然看着
字，腦子裏也在想這個字怎麼寫才好，結果錯把
墨汁當蒜泥吃了。

母親看到這情景，忍不住放聲笑了起來。王羲之這才清醒過來，發現自己糊裏糊塗吃了墨汁，也笑了。

就這樣，王羲之每天勤奮地練習書法，不知道用禿了多少枝筆，用掉了多少張紙。每天勤學苦練，他的字寫得越來越好。

可是，王羲之還是不滿意。他希望自己的字不僅有形，還能更有神。只是，「神韻」這種東西，要怎麼得來呢？練得出來嗎？

有一天，王羲之到鄉下去，無意間看到一隻圓胖胖的大白鵝在慢條斯理地走路。

大白鵝昂着長長的脖頸，搖擺着圓潤的身子，不緊不慢地走着，還真是有風度！

　　王羲之看得心中一動，覺得這鵝的形態和書法有共通的地方。於是他買下了大白鵝，天天觀察牠的姿態。

然後，他把鵝的神韻融入到了書法當中，寫出來的字自然灑脫，結構勻稱，又豐潤飄逸。

　　王羲之的書法越來越有名，人們都把他寫的字當寶貝看待。

有一次，王羲之到一個小鎮去，遇到一個老婆婆提着一籃子竹扇在集市上叫賣。

　　竹扇太普通了，買的人很少，老婆婆十分着急。王羲之看到了，很同情老婆婆，就跟她說：「我幫你把這些竹扇寫上字，怎麼樣？」老婆婆不認識王羲之，但見他熱心幫忙，就答應了。

　　王羲之提起筆來，在每把扇的扇面上龍飛鳳舞地寫了五個字，然後還給了老婆婆。老婆婆不識字，覺得他寫得很潦草，很失望。王羲之安慰她說：「別着急，你告訴買扇子的人，就說上面是王羲之的字。」

　　王羲之走後，老婆婆就照他的話做了。果然，
大家一看真是王羲之寫的，就都驚喜地搶着買。
一籃子竹扇眨眼就賣完了。

還有一次，晉朝的皇帝請他寫牌匾，王羲之就拿起筆來，把字寫在一塊木板上——之後工人就要用這塊木板雕刻。

結果，工人刻字的時候，把木板削了一層又一層，發現王羲之的墨跡居然一直印到木板裏面去了。工人削進三分深才不見了墨跡！工人不由得驚歎：王羲之寫的字真是筆力雄勁，竟然能夠入木三分！

　　後來，王羲之有了幾個兒子，其中
第七個兒子王獻之也很喜愛書法，天天
跟着王羲之學習。

可是，他練了很久的書法，還是比不
上父親的。

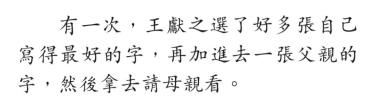

　　有一次，王獻之選了好多張自己
寫得最好的字，再加進去一張父親的
字，然後拿去請母親看。

　　母親看過之後，單單指着父親寫
的那張說：「這張最好。」

王獻之忍不住有點着急了。有一天，他實在忍不住了，就向父親請教：書法有什麼秘訣沒有？

　　王羲之聽了一笑，領着他來到後院，指着後院那十八口大缸說：「書法的秘訣全在這十八口大缸裏。你用這十八缸水磨墨，水用完了，自然領悟了書法的秘訣。」

　　王獻之聽了，默然不語，只是回去練書法時，更加刻苦用心了。

　　小朋友，你現在知道王羲之書法的秘訣是什麼了嗎？

名人檔案

姓名：王羲之

字：逸少

別名：王右軍、王會稽

後世尊稱：書聖

生活時期：東晉

出生地：琅琊（今山東省臨沂市）

生於：公元 303 年

逝於：公元 361 年

職業：朝廷官員、書法家

代表作品：《蘭亭集序》

主要成就

　　王羲之從小就喜歡寫字，七歲就擅長書法，早年拜衛夫人為師，後來遊歷天下，跟隨眾多前輩如鍾繇、張芝、蔡邕、張昶等人學習書法，博採眾長，推陳出新，形成自有獨特的風格。王羲之的書法，風格平和自然，筆勢遒美健秀，影響了後世一代又一代人，代表作《蘭亭集序》更被譽為「天下第一行書」。

趣聞軼事

　　幾千年前的東晉，暮春三月三日，王羲之和謝安、孫綽等一羣好友在會稽郡山陰縣的蘭亭相聚。集會上，每個人都做了不少詩文，王羲之飲酒後，揮筆寫下了這次詩文集的序言：「永和九年，歲在癸丑，暮春之初，會於會稽山陰之蘭亭……是日也，天朗氣清，惠風和暢。仰觀宇宙之大，俯察品類之盛，所以遊目騁懷，足以極視聽之娛，信可樂也……」這篇序文成為王羲之書法中不可多得的珍品，即後來名傳千古的《蘭亭集序》。

中國名人
故事繪本

李白

——才華橫溢的詩仙

未小西　編寫

劉振君　繪畫

一千多年前，在安西都護府的碎葉城，一個名叫李白的男嬰出生了。之前，他的母親曾經做了一個夢，夢見一顆光芒四射的星星向自己飛來。這顆星星就是那顆每天清晨最早出現在天幕的太白金星＊！

　　李白出生以後，母親想起之前的那個夢，就給他起了個乳名叫「白」。沒想到，這個乳名伴隨了李白一生。

＊太白金星：又叫啟明星或長庚星，它還有一個更
　有名的名字：文曲星。

一轉眼，李白長成了一
個五歲的小娃娃。他聰明機
靈，學什麼都一學就會，父
親李客非常喜歡他。

這時候，他們一家已經
搬回四川，安定了下來，父
親開始教李白誦讀辭賦了。

一天，父親把李白叫到書房，拿出一冊書，慈愛地對李白說：「阿白，你想不想將來成為了不起的人？」小李白認真地點着頭說：「想！」

「那，父親教你辭賦好不好？這是漢代著名文學家司馬相如的辭賦，你照着它學習，將來也成為像司馬相如那樣的人，好嗎？」李白響亮地回答：「好！」

從此，李白的學習生涯開始了。

每當父親用悠揚的語調抑揚頓挫地讀起那些辭賦時，小小的李白總是聽得很入迷——這些文字真美啊，像音樂一樣動聽！

　　因為喜愛，李白學得很快。在他心裏，一直記着那個夢想：將來做一個比司馬相如更屬害的文學家！

春去秋來，幾年過去了。李白十歲那年，動筆寫出了自己的第一篇辭賦。

李白興沖沖地拿去給父親看。可是，父親看了之後，卻搖搖頭，說寫得不好。

李白有點喪氣，父親笑着鼓勵他：「我等着你的下一篇辭賦，我相信，一定會比這一篇好！我對阿白有信心！」

李白笑起來。他跑回書房，把這篇辭賦扔到火盆裏燒了，認認真真地又開始重新構思。

他一連寫了好幾篇，一直到第四次，才寫成了比較滿意的兩篇。

這次李白信心十足地拿給父親看，父親看得連連點頭，滿意地捋着鬍子說：「好，好！」

　　時光飛快地過去，一晃眼，李白二十五歲
了。他成了一個很有本領的人，會做詩、寫文
章，會擊劍、騎馬，還愛彈琴、唱歌。而且，
他熱情豪爽，非常愛交朋友。

　　這天，李白跟父親說：「孩兒想出去遊歷
天下，幹一番事業！」於是，他告別家人，帶
着一把寶劍，出發了。

峨眉山月歌

峨眉山月半輪秋
影入平羌江水流
夜發清溪向三峽
思君不見下渝州

李白坐着船，沿着長江飛快地一路往下。

他經過了三峽、登了廬山、遊了鏡湖⋯⋯壯麗的山水，讓李白詩興大發，他寫了很多很多的詩。

望廬山瀑布

日照香爐生紫煙
遙看瀑布掛前川
飛流直下三千尺
疑是銀河落九天

　　李白的詩寫得太好了，或雄奇奔放，或清新浪漫，每個讀詩的人，都會被詩的意境所感染。

　　後來，李白到了長安，遇到著名詩人賀知章，白鬍子的賀知章看了李白的詩，感動得流淚，說：「你是天上下凡的謫仙人吧，不然怎麼能寫出這麼感人的詩呢？」

　　從這以後，不少人都叫李白「李謫仙*」了。

＊李謫仙：這裏是稱讚李白詩寫得好的意思。謫仙人，原指受
　到責罰降到人間來的仙人。

　　再後來，連皇帝唐玄宗也聽說了李白的
大名，就召來李白，封他做翰林學士*。

　　不過，玄宗這個皇帝太愛玩了，經常大
擺筵席，看人唱歌跳舞。每次還把李白叫來，
讓李白寫詩，記錄他們玩樂的盛況。

　　李白很苦悶：不讓自己幹正事，整天讓
自己陪他們玩⋯⋯唉！

*翰林學士：一種官職，通常由皇帝直接選拔有學識的人擔任。

　　一苦悶，李白就想喝酒，他就去找自己的忘年交*賀知章一起去喝酒。

　　有一次，李白跟賀知章正在酒樓上喝酒，玄宗又派人急急忙忙地來找李白了。李白喝得醉醺醺的，對派來的人說：「不去，我⋯⋯我酒還沒喝夠呢！」

　　派來的人哭笑不得，看李白醉得實在厲害了，只好讓人把他扶去見玄宗。

*忘年交：指年齡相差很大但志趣相投
　而結交的朋友。

　　李白到了宮裏，還是半醉半醒。一問，原
來，玄宗和楊貴妃在沉香亭裏賞牡丹花，又叫了

人來唱歌跳舞。可是玄宗聽了一會兒嫌歌詞不好聽，就派人找李白來寫新歌詞。

李白搖搖晃晃地說：「寫新詞⋯⋯不難⋯⋯只是，臣，臣走得累了，想⋯⋯脫了靴子，讓雙腳舒服些，這樣才⋯⋯才寫得好！」

玄宗一聽，李白要脫靴子，沒問題啊！只要能寫出好詞，脫就脫吧！就批准了。

　　李白左右一看，看到高力士在旁邊──這個大太監平時可威風了，把持朝政，百官見了他都小心翼翼、恭恭敬敬，還有叫他「老爹」的！李白就趁機朝高力士把腳一伸：「給我脫靴！」

　　高力士一聽氣壞了──除了皇帝、娘娘，誰敢對他這麼不客氣？可是現在，玄宗都發話了……沒辦法，只好裝得恭恭敬敬的，去給李白脫靴子。

　　李白心情太好了，他提起
筆，「刷刷刷」就寫了三首《清
平調》，玄宗和貴妃一看，滿意
極了，馬上就叫人譜曲演唱。

　　後世的人們提起這件事，都
覺得特別痛快，覺得李白幫那些
被高力士欺負的人出了一口氣。

月下獨酌

花間一壺酒
獨酌無相親
舉杯邀明月
對影成三人
月既不解飲
影徒隨我身
暫伴月將影
行樂須及春

我歌月徘徊
我舞影零亂

醒時同交歡
醉後各分散
永結無情遊
相期邈雲漢

　　李白的故事，很多很多，說起來三天三夜也說不完。李白的詩，很美很美，讀起來一百遍也讀不厭。李白一生，寫了一千多首詩，被人們稱為「詩仙」，他的詩歌廣被傳誦，一直流傳到今天！

名人檔案

姓名：李白

字：太白

號：青蓮居士

後世尊稱：詩仙

生活時期：唐朝

出生地：碎葉城（今吉爾吉斯共和國
　　　　　托克馬克市）

祖籍：隴西成紀（今甘肅省）

生於：公元 701 年

逝於：公元 762 年

職業：詩人、翰林學士

代表作品：《蜀道難》、《靜夜思》、《月下獨酌》、《望廬山瀑布》

主要成就

　　李白是中國唐代偉大的浪漫主義詩人。唐代詩歌繁盛，人才輩出，而李白是唐代詩人中最耀眼的一位。他一生寫詩一千餘首，風格雄奇豪放，其歌行體和七絕達到後人難以企及的高度，開創了中國古典詩歌的黃金時代，對後世和世界都有極大的影響，被後人尊稱為「詩仙」。

名詩欣賞

《獨坐敬亭山》

眾鳥高飛盡，孤雲獨去閒。

相看兩不厭，只有敬亭山。

【譯文】鳥兒們全都高飛遠去，沒有了蹤影；天上僅有的一片雲朵也悠閒地飄向遠方。和我默默地互相對望，怎樣也看不厭的，就只有敬亭山了。

中國名人
故事繪本

司馬光

——聰明機智的大史學家

未小西　編寫

董俊　繪畫

　　司馬光是北宋時期著名的政治家、文學家
和史學家。他長大後取得了這麼大的成就，你
們一定想知道他小時候是什麼樣的吧！

　　據說，司馬光從小就聰明好學，當別的小
伙伴還在整天玩遊戲互相打鬧時，司馬光就對
史學著作《左傳》感興趣了。

老師在講台上講《左傳》，
司馬光就睜着大眼睛認真地聽老
師講。

　　放學之後，他還興致勃勃地把自己今天學
到的內容講給家人聽。司馬光用稚嫩的聲音說
道：「今天老師講了鄭莊公和他弟弟的故事呢！
老師說……」

司馬光天天回家「開故事會」。就這樣，上課聽一遍，回家講一遍，司馬光對老師講過的內容，理解得更清楚了。

那一年，他才七歲，就能熟練地背誦整本的《左傳》了。大家都說：「司馬光就像一個小大人一樣，又聰明，又懂事！」

　　是啊，司馬光刻苦勤奮的態度，
比很多大人都強。大家在一起背書，
別的孩子會背了，就撒腿跑出去玩；
司馬光卻背了一遍又一遍，一直背到
滾瓜爛熟才停止。

　　因為讀書時下的功夫多，所以他
讀過、背過的書，能終生不忘。

159

　　而且，司馬光特別愛讀書，一拿起書來就放不下，什麼都忘記了。有一次就是這樣，司馬光看書入了迷。

　　到了該吃飯的時間，他也不覺得肚子餓。家裏人等了好久，也不見司馬光，於是出去找他。最後，還是姊姊在花園的角落裏發現了正在聚精會神地看書的他。

可是，姊姊都站到司馬光面前了，司馬光也沒發現。姊姊又好氣又好笑地叫「醒」了他：「小弟，別看了，該吃飯了！」

司馬光這才發現，肚子早已餓得咕咕叫了；一站起來，發現坐得太久，腿都麻了。姊姊拉他起來，發現他吹了幾個小時的風，凍得小手冰涼，氣得直戳他的額頭。司馬光不好意思地笑了。

不過，喜愛讀書的司馬光並不是一個書呆子，他曾經憑機智救過人。

這天，司馬光和一羣小伙伴在院子裏捉迷藏。他們已經開心地玩了大半天，現在，一個小朋友蒙着眼，正等着其他小朋友藏好。

能藏的地方差不多都藏過了，這
回又該往哪兒藏呢？
　　大家輕手輕腳地在院子裏走來走
去，有人想鑽到花叢後面，有人想躲
到假山裏面。

這時，有一個小孩子，他偷偷地爬上了院子裏蓄水的大水缸⋯⋯

　　水缸裏裝着大半缸水呢，多
危險啊！可是這個小男孩沒想到
這些危險，他只想着趕緊藏好，
讓別人找不到他！

　　哎呀，不好！這個小男孩一
不小心，腳下一滑，一下子掉進
了水缸裏！

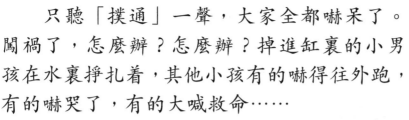

　　只聽「撲通」一聲，大家全都嚇呆了。闖禍了，怎麼辦？怎麼辦？掉進缸裏的小男孩在水裏掙扎着，其他小孩有的嚇得往外跑，有的嚇哭了，有的大喊救命……

　　只有司馬光非常沉着，他飛快地轉動腦筋想辦法：缸那麼沉，推不動；要是爬上去拉人，水太深拉不到，而且救人的小孩也有可能掉進去……

司馬光往四周一看，看到水缸旁邊有一塊石頭。他靈機一動，舉起石頭用力往缸上砸去。

只聽「咣噹」
一聲，水缸被砸破
了，水流了出來，
掉進水缸裏的小男
孩得救了。

　　這件事情很快就傳開了，開封、洛陽的人還把這件事用圖畫畫了下來。司馬光的「神童」之名，傳遍了天下。

　　一個人如果聰明又刻苦，他怎麼可能不成功？司馬光就是這樣一個人。

　　司馬光長大之後，仍然是那麼勤奮，騎在
馬背上的時候、半夜睡不着覺的時候，都會誦
讀、揣摩自己讀過的文章，思考它的含義。

就這樣，司馬光不僅做了很大的官，還成了當時的大學問家。他用十九年的時間，主持編寫了一部煌煌*巨著──《資治通鑒》，從此名垂千古。

*煌煌：這裏指《資治通鑒》是一部偉大的著作。

名人檔案

姓名：司馬光

字：君實

號：迂叟

生活時期：北宋

出生地：光州光山縣（今河南省光山縣）

生於：公元 1019 年

逝於：公元 1086 年

職業：政治家、文學家、史學家

代表作品：《資治通鑒》

主要成就

　　司馬光曾在仁宗、英宗、神宗、哲宗四朝當官，是名副其實的「四朝元老」。他為人溫良謙恭、剛正不阿；做事用功、勤奮刻苦，人品道德堪稱典範。

　　除了在朝為官之外，司馬光做的另一項大事，就是用十九年時間，主持編纂了《資治通鑒》——這是中國歷史上第一部編年體通史，以編年的形式記述、總結了一千多年來的重大歷史事件，是一部很有價值的史學巨著。

趣聞軼事

　　司馬光一生誠信，這和他小時的一件事有關。大概在五六歲時，有一次，他要給青胡桃去皮，他不會做，他姊姊想幫他，但也沒能把皮去掉，姊姊就先離開了。後來，一位婢女用熱水替他順利把青胡桃去了皮。姊姊回來很驚奇，問他：「誰幫你做的？」他騙姊姊說是自己做的。後來父親知道了真相，訓斥他道：「小孩子，怎可說謊！」

　　自此，司馬光不敢再說謊，年長之後，還把這件事寫到紙上，策勵自己，一直到死，他都沒有說過謊話。

岳飛

——勤奮刻苦的大軍事家

未小西　編寫

王曉鵬　繪畫

　　你們聽說過岳飛嗎？也許你們還聽過岳飛
的一些英勇事跡。岳飛是中國歷史上有名的大
英雄。

岳飛出生於幾百年前的宋朝。那是一個冬天的下午，他出生在一個小村莊裏。

　　小小的岳飛在媽媽懷裏響亮地哭着，小臉
脹得通紅。

　　岳飛的爸爸認真地想，哎，該給這孩子取
個什麼名字呢？正好這時候天空中有一隻大鳥
拍着翅膀飛了過去。

　　岳飛的爸爸一拍巴掌：對了，這孩子就叫
岳飛吧。希望他以後能像鳥兒一樣展翅高飛。
岳飛長大以後，取字叫「鵬舉」，也有高飛的
意思。

岳飛出生後不久，有一天，他爸爸去了鎮上辦事。沒想到，黃河突然發了好大好大的洪水。洪水呼嘯而來，眼看就要把村子吞沒了。人們驚惶地喊叫逃命，岳飛的媽媽急中生智，抱着岳飛跳進了一口大水缸裏。

　　洪水來了，沖走了水缸。就這樣，洪水帶
着這口水缸不停地漂啊漂，漂到了一個小鎮上。
　　幾天以後，大水退去了，可是岳飛的爸爸
再也沒有回來。岳飛和媽媽無家可歸，就在這
個小鎮上住了下來。

因為家裏非常貧窮，所以岳飛很早就跟着媽媽一起下地幹活。

因為經常勞動，小岳飛的身體長得高大壯實。小岳飛心地很好，誰有難事都願意幫忙，大家都說他是一個善良的好孩子。

雖然家裏窮，上不起學，可是岳飛
很好學，媽媽就在家教他認字。可是他
們還是沒錢買紙、買筆，媽媽很難過。
聰明的岳飛想到了一個好主意。

　　他用大簸箕裝滿沙土，拿着柳條在
沙土上寫畫，還安慰媽媽說：「媽媽，
您看，這樣學寫字不也很好嗎？」

於是，媽媽每天用柳條在沙土上教岳飛寫字，岳飛學得可用心了，後來他的字寫得好極了。

岳飛非常喜歡看書，喜歡學習，從書中學到了很多的知識。他還特別愛看打仗的書，想長大以後當一個大將軍，帶領一支軍隊去保家衛國。

　　要當大將軍可不容易，不僅要學文，懂
得兵法；還要練武，有一身高超的武藝。為
了實現理想，岳飛拜了一個武林高手——周
侗(音：同)做老師，向他學功夫。

　　當時岳飛和好幾個孩子——王貴、張
顯、湯懷都跟着周侗習武。剛開始的時候，
大家都差不多。可是後來，岳飛越練越好，
遠遠地超過了他的師兄弟。

　　為什麼呢？講一個小故事你們就明白了。
有一年冬天，天氣特別冷，一大早就下起雪來。
窗外北風呼嘯，幾個孩子都縮在暖暖的被窩裏，
不想起來。

　　只有岳飛，時辰一到就起牀，穿戴整齊後
就要出去練武。湯懷他們在牀上迷迷糊糊地對
岳飛説：「天這麼冷，今天別練了！」

　　岳飛說：「練武一日不可懶惰！今天要是
因為冷就不練了，明天又會有別的藉口，這樣
下去是學不好功夫的！」

　　岳飛拉開房門，刺骨的寒氣撲面而來，可
岳飛毫不猶豫就走出去了。他在紛飛的雪花中
活動了一會兒身體，就舞起劍來。

　　師傅周侗看着在雪地裏舞劍的岳飛，欣慰
地點頭：在我的徒弟中，岳飛將來肯定成就最
大、最有出息！

　　時間一年年過去，岳飛長大了。在他十五、
六歲的時候，他已經練成了一身好武藝，學得一
身好兵法。

這時，北方的金人*南侵，宋朝的軍隊節節敗退，國家處在生死存亡的關頭。岳飛決定要加入軍隊，保家衛國，把金人打退回去！岳飛要去投軍，他最捨不得的就是母親。

　　岳飛的母親深明大義，她對岳飛說：「沒有國，何來家？如今國家危亡，正是男兒報國之時！」

*金人：當時一個叫女真的民族，他們在北方建立了金朝，所以又稱金人。

臨行前，岳飛的母親在他背上刺了
「精忠報國」四個字，希望他能牢牢地
記住忠誠愛國的精神。

　　母親的話鼓舞着岳飛，岳飛投軍後，很快
因作戰勇敢而升到了秉義郎*。後來，更因為立
了許多戰功，當上了將軍。

*秉義郎：宋朝武官中的一種官職。

他訓練了一支
勇猛善戰的軍隊，率
領着這支軍隊，把金
人打得節節敗退。這
支軍隊的名氣越來越
大，後來人們都叫他
們「岳家軍」。

金國的軍隊一聽到岳飛和「岳家
軍」的名號，就嚇得膽戰心驚。岳飛
成了抗金英雄，為歷代人民所敬仰。

名人檔案

姓名：岳飛

字：鵬舉

生活時期：宋朝

出生地：相州湯陰縣

（今河南省安陽市湯陰縣）

生於：公元 1103 年

逝於：公元 1142 年

職業：軍事家

主要成就

　　岳飛是南宋著名的軍事家、戰略家，是一位民族英雄。他從北宋末年開始，十餘年間，率領岳家軍同金軍進行了大小數百次戰鬥，所向披靡，先後收復鄭州、洛陽等地，打得金兵節節敗退，有望恢復中原。可惜宋高宗、秦檜一意求和，連發十二道「金牌」下令退兵，岳飛孤立無援，被迫班師回朝。百姓哭聲震天，岳飛悲憤難言：「十年之力，廢於一旦！」之後，在宋金議和中，岳飛被以「莫須有」的罪名殺害，但人們永遠銘記着他。

　　岳飛不僅是傑出的統帥，他的文學才華也是將帥中少有的，他的不朽詞作《滿江紅‧怒髮衝冠》，是千古傳誦的愛國名篇。

主要作品

《滿江紅‧怒髮衝冠》

　　怒髮衝冠，憑欄處，瀟瀟雨歇。抬望眼，仰天長嘯，壯懷激烈。三十功名塵與土，八千里路雲和月。莫等閒，白了少年頭，空悲切。

　　靖康恥，猶未雪；臣子恨，何時滅！駕長車，踏破賀蘭山缺。壯志飢餐胡虜肉，笑談渴飲匈奴血。待從頭，收拾舊山河，朝天闕。

【譯文】我憤怒得頭髮都豎了起來，把帽子也頂起了。倚着欄杆遠望，風雨剛剛停下來。抬頭望向天空，禁不住仰起頭大聲呼喊，心中充滿一腔想報國的熱情。三十多年來，雖然已有了一些功名，但如同塵土般微不足道，南北征戰八千里，路途遙遠，日夜奔波。少年人不要白白浪費時光，等到年老頭白時，才後悔悲傷。

　　「靖康之變」* 的恥辱，至今仍未洗脫掉。身為國家臣子的憤恨，什麼時候才能消除！我要駕着戰車向敵人進攻，踩平被敵人佔領的賀蘭山的關口。我滿懷壯志，打仗餓了就吃敵人的肉，談笑渴了就喝敵人的鮮血。等到我重新收復舊日的山河，再帶着捷報向國家報告勝利的消息！

* 靖康之變：公元 1126-1127 年，金人攻陷北宋京師開封府，到處殺人搶掠，並擄走北宋皇帝宋欽宗、太上皇宋徽宗和大量皇族、官員、平民，最後導致北宋滅亡。

李時珍

——態度嚴謹的醫藥學家

未小西　編寫

劉偉龍　繪畫

在大約距今五百年前的一天，大夫李言
聞家的第二個兒子出世了，取名李時珍。沒
有人會想到，這個小小的孩子，日後會成為
明代偉大的醫藥學家。

　　為了行醫方便，李言聞在自家後院種了
很多藥草。小小的李時珍從剛剛開始學走路
起，就喜歡跑到後院來看這些藥草——這些
藥草的氣味很特別呢。

而且，有時父親把它們採摘下來，通過切、蒸，或者炒等各種不同的炮製方法把它們製成草藥，用來治病，這真是神奇！

　　小小的李時珍，就這樣喜歡上了
草藥。隨着年齡的增長，他對這些草
藥的性能了解得越來越多，對醫藥學
就更加着迷了。

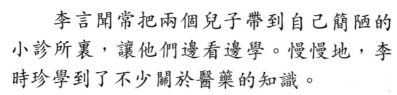

　　李言聞常把兩個兒子帶到自己簡陋的
小診所裏，讓他們邊看邊學。慢慢地，李
時珍學到了不少關於醫藥的知識。

　　有一天，李言聞帶着大兒子出診去了，
小診所裏只剩下李時珍一個人。

　　這時，來了一個病人，特別着急，等不
及李言聞回來，催着李時珍給他診斷抓藥。

李時珍把完脈，覺得自己有把握治這個病。他想了想，說：「父親要到晚上才能回來。要不，我先給你開個方子*，試試看？」

*方子：藥方的意思。

　　病人難受極了，迫不及待地說：
「好，好！」
　　李時珍就果斷地開藥方、取藥，
送走了病人。

李言聞回家以後，發現了小兒子開的藥方，嚇了一跳——人命關天，藥可是不能亂開，也不能亂吃的！

　　他仔細看了藥方，又問了病人的症狀。李時珍詳詳細細地把診脈的情況、開的藥有什麼性能、為什麼要用這些藥等都說了一遍，講得頭頭是道。

李言聞一邊聽，一邊不住地點頭——兒子不僅讀了不少醫書，還能活學活用，真是好樣的！可是，唉……醫生的地位這麼低，他真不希望兒子再當醫生了，將來考科舉，去做官，多好！

　　李時珍卻滿心想成為一名醫術高明的大夫，像父親一樣治病救人。

　　最後，李言聞歎了口氣，默許了兒子的願望。

　　就這樣，李時珍繼續
專心跟父親學醫，隨着年
齡的增長，經驗越來越豐
富，醫術也越來越高明。

有一天，李時珍在路上看到一羣人哭哭啼啼地抬着一個婦人往城外走，那個婦人還在流血。

李時珍一看，流出的血不是瘀血而是鮮血，他趕忙攔住人羣，說：「快停下來，人還有救啊！」大家聽了，都不敢相信。

　　李時珍反覆勸說，終於，對方答應讓他試着救人。

　　李時珍用針灸的辦法，給她扎了幾針。
不一會兒，就見那婦人輕輕哼了一聲，竟然
醒過來了。

　　這下子人羣歡聲雷動。

　　接着，這名婦人又順利地生下了一個兒子，
於是人們都傳言李時珍一根銀針，救活了兩條
人命。

　　在行醫過程中，李時珍發現好多人對同一
種藥物的叫法都不一樣，還有些不同的藥物卻
叫同一個名字，其實是幾種不同的東西。

　　不僅大夫們這麼亂叫，好多醫書上也記錄
得很混亂。因為這種混亂，常常會發生抓錯藥，
甚至是因為藥錯而導致死人的事情。

這些事情，在李時珍心中激起了巨大的波瀾。他萌發了編寫一部天下藥材大全的念頭。

為此，他先是花了十年
的時間，熟讀了《內經》、
《本草經》、《傷寒論》、
《金匱要略》等各種古典
醫書，還有無數關於花草
樹木的書籍，光是筆記就
裝了滿滿幾櫃子。

　　接着，李時珍為了準確地記錄藥材的
樣子、藥性、產地，走遍了各地。

比如説，為了找到曼陀羅花，李時珍長途跋涉，來到北方；找到它之後，為了確定它的藥性，他還不顧危險，親口嘗了曼陀羅的各個部分，然後記錄下來。

　　再比如，李時珍看到書上說，穿山甲用
鱗甲來捉螞蟻、吃螞蟻。他覺得奇怪，就捉
了一隻活的穿山甲來觀察，結果發現牠是用
長長的舌頭來吃螞蟻的。

他又解剖了穿山甲的胃，發現裏面居然裝了一升多螞蟻。他詳細地記錄了自己的觀察所得。

　　就這樣，李時珍一絲不苟地寫下了他這部
醫藥巨著。

　　當這本書完成的時候，李時珍已經六十多
歲了，他給這本書起名《本草綱目》。

本草綱目

　　《本草綱目》出版後，在世界上引起了巨大的反響，人們到處傳播它，還進行翻刻。這本書，成為了醫生們的必備藥學典籍。

　　這本寶貴的醫書，幫助了無數的醫生和病人；李時珍的名字，也和這本書一起，被人們銘記、傳頌……

名人檔案

姓名：李時珍

字：東璧

自號：瀕湖山人

生活時期：明朝

出生地：湖北蘄州（今湖北省黃岡市蘄春縣蘄州鎮）

生於：公元 1518 年

逝於：公元 1593 年

職業：醫學家、藥物學家

代表作品：《本草綱目》

主要成就

　　李時珍是中國古代偉大的醫學家、藥物學家。他參考歷代醫藥等學術書籍 800 餘種，結合自身從實際中積累、探訪的大量藥學知識，歷時數十年，編成了《本草綱目》這部醫學巨著，為後世留下了寶貴的醫學財富。

　　《本草綱目》被譽為「東方藥物巨典」，對人類近代科學及醫學方面影響深遠。

趣聞軼事

　　李時珍在寫《本草綱目》這部巨著時，態度非常嚴謹，對古書記載中有疑問的部分，會親自驗證，糾正了不少當時的人的錯誤認識。比如，親自觀察穿山甲，發現穿山甲不是用鱗甲，而是用舌頭來吃螞蟻；指出用錫壺盛酒，長久這樣使用，會使人中毒；指出水銀是有毒的，久服並不能成仙；同時還提出反對服食仙丹等。

　　《本草綱目》不僅記載了藥物學的知識，還有不少其他的知識，如：金屬、硫化物等的化學反應，蒸餾、結晶、升華、沉澱等現代化學中的一些操作方法；以及一些關於月球和地球等的天文知識……簡直可以說是一本古代的「百科全書」。